First Edition 1998
Reprint Editions 2003, 2007
Paperback Edition 2007
Spanish Language Hardcover Edition 2007
Spanish Language Paperback Edition 2007

HOOPOE

Published by Hoopoe Books,
a division of The Institute for the Study of Human Knowledge

Visite **www**.hoopoekids.com
para ver más títulos, CDs y DVDs,
y para bajar información sobre Historias de Enseñanza™
y manuales para padres y maestros

ISBN: 978-1-883536-96-1

Library of Congress has catalogued a previous English language only
edition as follows:

Shah, Idries, 1924-
      Neem the half-boy / by Idries Shah; illustrated
by Robert Revels & Midori Mori.
                                          p.   cm.
      Summary: Because she does not faithfully follow the instructions
of Arif the Wise Man, the Queen of Hich-Hich gives birth to a half-boy,
who grows up to be very clever and confronts a dragon in an effort to
become whole.
      ISBN 1-883536-10-3 (hard)
      [1. Fairy tales. 2. Folklore.] I. Revels, Robert, ill.
      II. Mori, Midori, ill. III Title.
      PZ8.S336Ne   1997
      398.22--dc21
      [E]   97-6321
                                                             CIP
                                                                 AC

NEEM EL MEDIO NIÑO

Escrito por

IDRIES SHAH

HOOPOE BOOKS

BOSTON

Había una vez, cuando las moscas volaban al revés y el sol era frío, un país llamado Hich-Hich, que quiere decir "absolutamente nada".

Este país tenía un rey, y también tenía una reina.

Bueno, la reina quería tener un niño varón porque ella no tenía ninguno.

"¿Cómo puedo tener un niño?" le preguntaba al rey.

"Yo no sé, no estoy seguro", contestaba el rey.

La reina le preguntaba a todo el mundo, y todos le
decían, "Lo sentimos mucho, pero no sabríamos decirle a
Su Majestad cómo tener un niño varón."

(La llamaban "Su Majestad" porque siempre se les llama
"Su Majestad" a las reinas – y a los reyes también).

Entonces la reina les preguntó a las hadas, y éstas le dijeron,
"Nosotras podemos ir a preguntarle a Arif el Hombre Sabio."
El hombre sabio era muy listo, y sabía de todo.

De modo que las hadas fueron adonde vivía Arif el Hombre
Sabio, y le dijeron,

"Somos las hadas del país de Hich-Hich. Ese país tiene una
reina, y ella quiere tener un niño varón, pero no sabe cómo hacer
para tenerlo."

"Yo les diré cómo la reina puede tener un hijo varón", dijo Arif el
Hombre Sabio, con una sonrisa.

Entonces recogió una manzana
y se la dio a las hadas, diciendo,
    "Denle esta manzana a la reina
y díganle que la coma. Si ella la
come, tendrá un niño varón."
    Entonces las hadas le llevaron
la manzana volando a la reina.
    "Su Majestad, hemos estado
con el hombre sabio, Arif, que
lo sabe todo", le dijeron, "y él
dice que usted debería comer
esta manzana. Si usted la come,
tendrá un niñito varón."

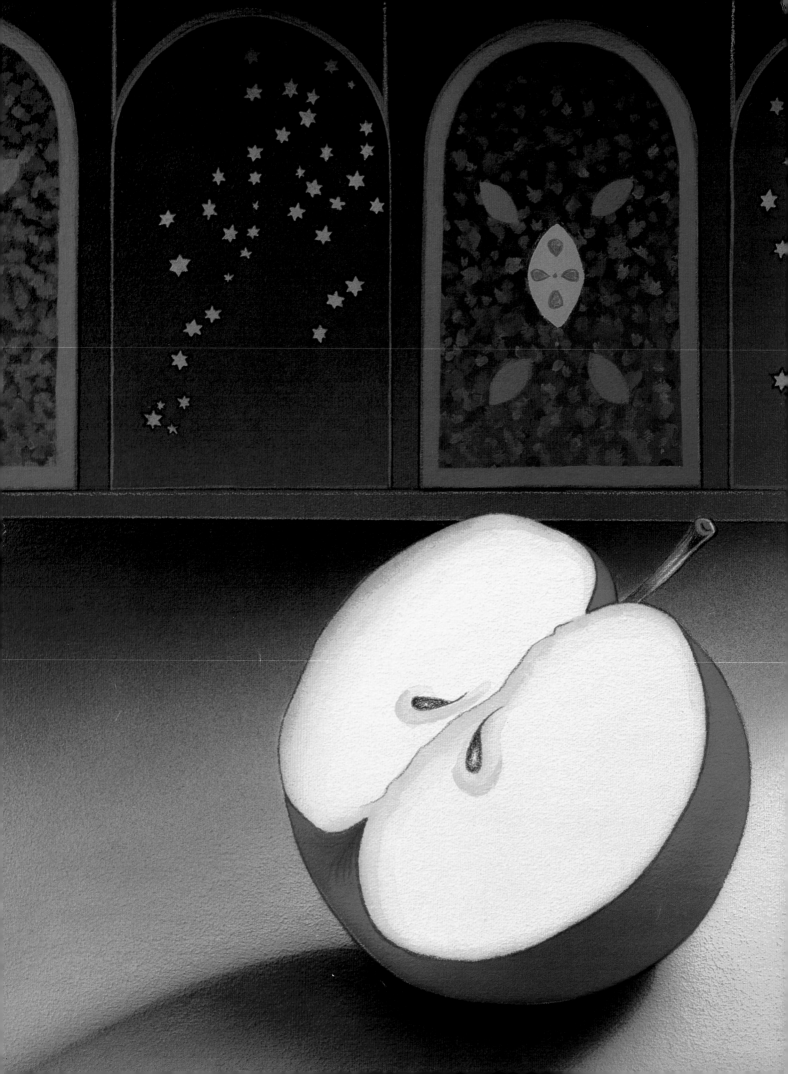

La reina quedó muy contenta. Comenzó a comer
la manzana, pero antes de terminarla, se olvidó qué
importante era y se puso a pensar en otra cosa. Y dejó
caer la manzana, comida por la mitad.

Y ella tuvo un niño varón. Pero, como había comido sólo la mitad de la manzana, el niño que tuvo fue un medio niño.

Él tenía un ojo y una oreja, un brazo y una pierna, y andaba a los saltitos donde quiera que fuera.

La reina lo llamó Príncipe Neem, porque "neem" quiere decir "medio" en el idioma de ese país.

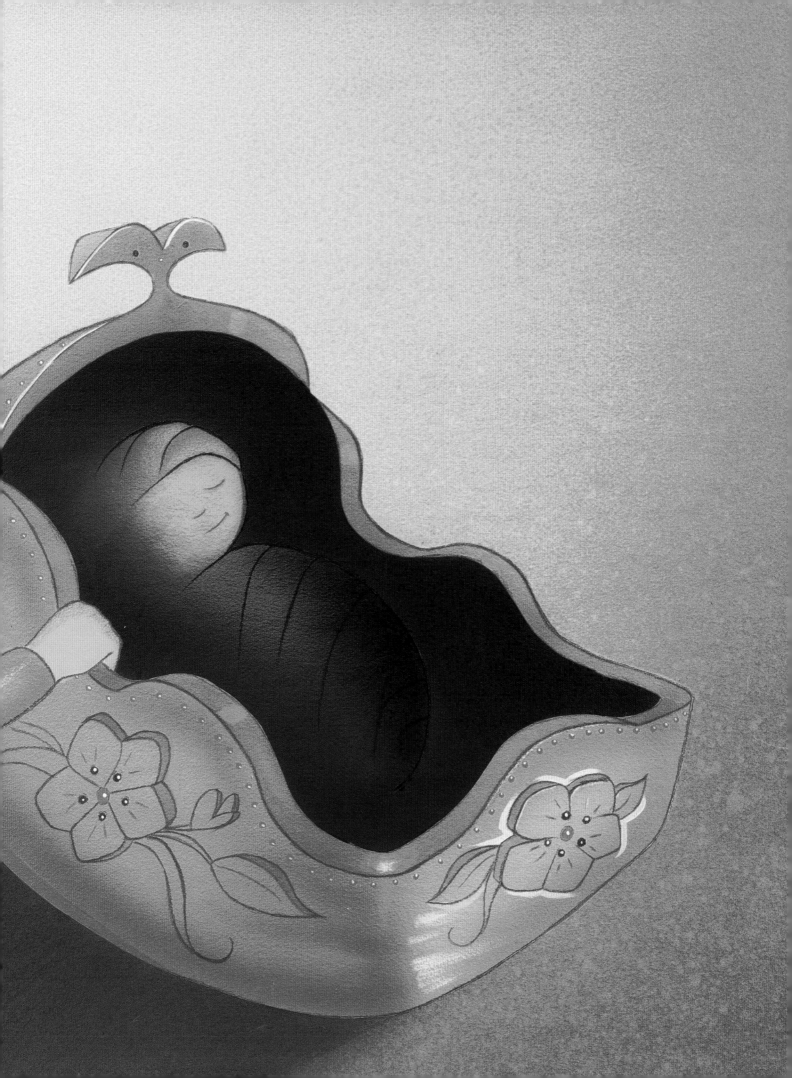

Cuando ya era más grande, el Príncipe
Neem iba a todas partes con su caballo.
Como era un medio niño, se movía mejor
en un caballo, ya que no tenía que andar a
los saltitos.

Se hizo muy experto en montar a caballo,
y llegó a ser un niño muy inteligente en
todo sentido.

Pero se aburría de ser un medio niño, y solía decir, "Me gustaría ser un niño entero. ¿Cómo puedo llegar a ser entero?"

Y la reina le respondía, "No estoy segura, no sé."

Y el rey decía, "No tengo la menor idea."

Y las hadas, cuando llegaron a escuchar esto, dijeron,
"Tal vez nosotras deberíamos ir a preguntarle al hombre
sabio, que lo sabe todo, cómo el Príncipe Neem puede
volverse un niño entero."

Entonces las hadas volaron por el aire al lugar en donde vivía
Arif el Hombre Sabio, y le dijeron:

"Somos aquellas hadas que vinieron a verlo acerca de la Reina
de Hich-Hich que quería tener un niño varón, pero él es sólo un
medio niño, y quiere ser un niño entero. ¿Lo podría ayudar?"

Y Arif el Hombre Sabio suspiró y dijo, "La reina comió sólo la mitad de la manzana. Por eso tuvo sólo un medio niño. Pero, como eso fue hace tanto tiempo, ella no puede comerse la otra mitad. Debe estar podrida ahora."

"Bueno, hay alguna cosa que Neem, el medio niño, pueda hacer para volverse niño entero?" preguntaron las hadas.

"Díganle a Neem, el medio niño, que él puede ir a ver a Taneen, el dragón que echa fuego por la boca. Él vive en una cueva y molesta a todo el mundo soplando fuego encima de ellos. El medio niño encontrará un remedio especial, maravilloso, en la cueva de Taneen. Si se lo toma, se volverá niño entero. Vayan y díganselo", dijo Arif el Hombre Sabio.

Entonces las hadas volaron por el aire y no pararon de volar hasta que llegaron al palacio donde vivían el rey y la reina y Neem, el medio niño.

Cuando llegaron, encontraron al príncipe Neem y le dijeron,
"Hemos estado con Arif el Hombre Sabio, que es muy listo y sabe
de todo. Él nos dijo que te dijéramos que tú debes expulsar a Taneen
el Dragón, que está molestando a la gente. En el fondo de su cueva
encontrarás un remedio especial, maravilloso, que te hará niño entero."

El Príncipe Neem les agradeció a las hadas, montó su caballo y se fue trotando hasta la cueva donde Taneen el Dragón estaba sentado, echando fuego por todos lados.

"Ahora te voy a sacar de aquí, Dragón", gritó el Príncipe Neem a Taneen.

"¿Y por qué lo harías?" preguntó Taneen.

Y el Príncipe Neem dijo, "te voy a sacar de aquí porque tú estás siempre echando fuego por la boca encima de la gente y a nadie le gusta eso."

"Yo debo echar fuego por la boca porque tengo que cocinar mi comida. Si yo tuviera una estufa para cocinar no necesitaría hacerlo", respondió Taneen con tristeza.

"Yo podría darte una estufa para que cocines. Pero aún así tengo que sacarte de aquí", dijo el Príncipe, y el dragón respondió:

"¿Por qué lo harías, si yo pararé de arrojar fuego encima de la gente?"

"Yo tendré que hacerte salir porque tú tienes un remedio especial, maravilloso, en el fondo de tu cueva. Si yo lo tomo, puedo volverme niño entero, y yo quiero muchísimo ser un niño entero."

"Pero yo podría darte el remedio, y así no tendrías que echarme de aquí para tenerlo. Tú podrías beberlo, y te volverías niño entero. Entonces podrías ir y conseguirme una estufa, y yo podría cocinar, y no tendría que soplar fuego encima de la gente!" dijo el dragón.

Entonces Neem esperó mientras el dragón iba al
fondo de la cueva. Al poco tiempo Taneen volvió
con una botella del remedio especial y maravilloso.
El Príncipe Neem se lo tomó todo,

y en menos tiempo que lleva contarlo,
le creció otro brazo, otro lado, otra
pierna, otra oreja y todo lo demás.

¡Se había transformado en niño entero!
Y se puso muy muy contento.

Se subió al caballo y volvió rápido al palacio en Hich-Hich. Allí buscó una estufa para cocinar y se la llevó de vuelta a Taneen.

Y después de esto Taneen el Dragón vivió quietecito en su cueva, y nunca más sopló fuego encima de nadie, y se quedaron todos muy contentos.

Desde ese momento, Neem el medio niño comenzó
a llamarse Kull, que significa "niño entero" en el idioma
de Hich-Hich.

Habría sido tonto llamarse medio niño cuando ya era
uno completo, ¿no?

Y todos vivieron felices para siempre.